COLLECTION A. GILBERT

BEAUX MEUBLES

ANCIENS

TAPISSERIES

EXEMPLAIRE DE H. STETTINER

CATALOGUE

DE

BEAUX MEUBLES

EN BOIS SCULPTÉ

DE LA RENAISSANCE
ET DES ÉPOQUES LOUIS XIV, LOUIS XV
ET LOUIS XVI

Consoles de salon
Petites Crédences ou Consoles-Appliques
Tables — Horloges — Baromètres — Écran — Lit — Armoires
Buffets — Bahuts — Coffre

Glaces — Trumeaux — Panneaux — Cadres

SIÈGES GARNIS ET NON GARNIS

Canapés, Chaises longues, Fauteuils, Bergères, Chaises

TAPISSERIES ANCIENNES

Composant la Collection de M. A. GILBERT

ET DONT LA VENTE AURA LIEU PAR SUITE DE SON DÉCÈS

HOTEL DROUOT, SALLE N° 8

Le Lundi 22 Février 1886

A DEUX HEURES PRÉCISES

Par le Ministère de M° PAUL CHEVALLIER, commissaire-priseur
10, rue de la Grange-Batelière, 10

Assisté de M. CHARLES MANNHEIM, expert
7, rue Saint-Georges, 7

EXPOSITION PUBLIQUE : Le Dimanche 21 Février 1886
DE 1 HEURE A 5 HEURES

CONDITIONS DE LA VENTE

———

Elle sera faite au comptant.

Les adjudicataires payeront *cinq pour cent* en sus des enchères.

L'exposition mettant le public à même de se rendre compte de l'état des objets, aucune réclamation ne sera admise une fois l'adjudication prononcée.

Paris. — Imprimerie de l'Art. E. MÉNARD et J. AUGRY
41, rue de la Victoire.

DÉSIGNATION DES OBJETS

CONSOLES

1 — Console du temps de Louis XV, en bois de chêne sculpté, de forme contournée, à bandeau orné d'un mascaron tête de faune et d'ornements feuillagés. Les deux pieds à enroulements et têtes de satyres sont reliés à leur base par un motif rocailleux découpé à jour. Le dessus est formé d'une tablette de marbre blanc.

> Larg., 84 cent.

2 — Jolie console du temps de Louis XV, de forme gracieuse, en bois sculpté et doré, à deux pieds contournés à volutes, rocailles et feuillages se rapprochant à leur base et reliés par un motif à fleurs et cannelures. Le bandeau est ajouré. Tablette de marbre blanc bordée d'une moulure.

> Long., 78 cent.; prof., 40 cent.

3 — Console du temps de Louis XVI, de forme arrondie, en bois sculpté et doré, à bandeau découpé à jour, au-dessous duquel pendent des guirlandes de laurier. Les deux supports, feuillagés et surmontés de rosaces, ne descendent pas jusqu'à terre. Le dessus est formé d'une tablette de marbre veiné.

Larg., 68 cent.

4 — Console de l'époque Louis XVI, en forme de demi-lune, en bois sculpté et doré, à bandeau décoré de cannelures, de perles, de feuilles et de rubans, et supporté par quatre pieds-colonnes, cannelés et à chapiteaux ioniques à volutes enguirlandées, reliés à leur base par une traverse ornée.

Long., 1 m. 35 cent.; prof., 5o cent.

5 — Jolie console du temps de Louis XV, en bois de chêne sculpté et d'une élégante ornementation : bandeau ajouré et pieds contournés, enlacés de guirlandes et reliés à leur base par un motif à rocailles. Dessus en marbre rouge veiné, à bord taillé en quart de rond.

Larg., 1 mètre.

6 — Console du temps de Louis XV, en bois sculpté et doré, composée de rinceaux, de branches fleuries et d'ornements rocaille et à deux pieds cintrés et découpés à jour, reliés par une traverse à coquille et ornements découpés. Dessus de marbre brèche d'Alep avec quart de rond au pourtour.

Larg., 1 m. 35 cent.

7 — Petite console demi-lune du temps de Louis XVI, en bois de chêne sculpté, à bandeau orné de rinceaux et de rosaces, et à couronnes et guirlandes de fleurs décorant l'entre-deux des pieds. Ces derniers, cannelés et à chapiteaux corinthiens, sont reliés par un entre-jambes décoré de laurier et orné à son centre d'un vase brûle-parfums dont la panse présente des festons de fleurs en relief. Dessus de marbre.

Larg., 85 cent.

8 — Jolie console Louis XV, de forme élégante, en bois de chêne sculpté, à décor de rocailles, de rinceaux et de feuillages. Les pieds, contournés et se rapprochant vers la base, sont reliés par deux rinceaux qui supportent une

large coquille ajourée. Tablette de marbre,
bordée d'un quart de rond.

Long., 90 cent.; larg., 50 cent.

9 — Console-applique en bois sculpté et offrant
en haut-relief deux têtes de chérubins dans
une nuée. Travail du xviie siècle. Tablette de
marbre, bordée d'un quart de rond.

Haut., 42 cent.; long., 88 cent.; prof., 20 cent.

10 — Console du temps de Louis XV, en bois de
chêne sculpté, de forme contournée, à rocailles et enroulements et jolie guirlande de
fleurs courant sur le bandeau et sur les pieds.

Long., 1 mètre ; larg., 50 cent.

11 — Belle console rectangulaire du temps de
Louis XIV, en bois de chêne sculpté et peint
en blanc, à bandeau décoré de losanges, bordés de perles et encadrés de petits fleurons.
Ses quatre pieds carrés à palmes et feuillages,
sont reliés à leur base par des traverses
ornées, contournées, supportant à leur jonc-
tion un amortissement à feuillage. Tablette
en marbre brèche d'Alep.

Long., 1 m. 28 cent.; larg., 62 cent.

12 — Belle console du temps de Louis XV, en bois de chêne sculpté, à contours mouvementés et d'un dessin très élégant. Elle est décorée de motifs rocailleux à godrons et à parties ajourées, et de jolis festons de fleurs et de feuillages. Tablette de marbre rouge veiné de blanc.

Long , 1 m. 7 cent.; larg., 53 cent.

13 — Autre console de même époque, et de forme contournée à bandeau ajouré, offrant un cartel médian, relié aux pieds par des rinceaux.

Long., 1 m. 35 cent.; larg., 62 cent.

14 — Console du temps de Louis XV, à contours en bois sculpté et peint en blanc, composée d'ornements rocailles, de coquilles et d'ornements feuillagés. Ses deux pieds cintrés et à volutes sont reliés par une traverse, ornée d'un écusson encadré d'ornements rocaille. Dessus de marbre à moulure.

Larg., 98 cent.

15 — Console de forme contournée, en bois de

chêne et à un seul pied cintré placé au centre. Elle est décorée d'ornements feuillagés. Dessus de marbre brèche violacé.

Larg., 1 m. 44 cent.

CONSOLES-APPLIQUES

16 — Crédence ou console-applique du temps de Louis XIV, en bois sculpté et doré, composée de deux dauphins enlacés placés entre des motifs à volutes et reposant sur un cul-de-lampe orné. Modèle rare, d'une grande élégance.

Haut., 24 cent.; larg., 30 cent.

17 — Console-applique de l'époque Louis XIV, en bois sculpté et doré, à feuillages, enroulements, godrons et fleurs encadrant un mascaron chimérique.

Haut., 40 cent.; long., 40 cent.

18 — Console-applique de l'époque Louis XIV, en bois sculpté et doré, se composant d'un montant flanqué de quatre consoles et sup-

porté par un cul-de-lampe feuillagé. Sous
la tablette, rectangulaire, est appendue une
guirlande de feuillage.

Haut., 27 cent.; long., 53 cent.

19 — Deux jolies consoles-appliques en bois
sculpté et doré, à tablette contournée, supportée par deux rinceaux symétriques se
recourbant en volutes et séparés par une
feuille d'acanthe.

Haut., 26 cent.; larg., 23 cent.

20 — Crédence ou console-applique du temps
de Louis XIV, en bois sculpté et doré, modèle à enroulements, coquille et fleurons.

Haut., 31 cent.; larg., 27 cent.

21 — Petite console Louis XV, en bois sculpté
et doré, à décor de feuillages, rocailles et
enroulements. Tablette en marbre.

Larg., 60 cent.

MEUBLES

22 — Bel écran du temps de Louis XIV, à monture de noyer finement sculpté et d'un modèle très élégant à motifs de consoles opposées.

La traverse supérieure est décorée d'une palme médiane d'où partent des rinceaux symétriques. Feuille en tapisserie de l'époque représentant un bouquet de pavots ressortant sur un fond vieil or. (L'un des montants de cet écran est de travail moderne.)

Haut., 1 m. 22 cent.; larg., 82 cent.

23 — Baromètre-thermomètre du temps de Louis XVI, en bois sculpté et doré. Élégant modèle à guirlandes de fleurs, branches de laurier, perles et feuilles d'eau, et surmonté d'une couronne.

Haut., 1 m. 20 cent.

24 — Horloge à gaine carrée en bois de chêne à ornements sculptés et moulures, de l'époque Louis XIV. Cadran en cuivre gravé garni d'ornements de rapport et surmonté d'un

médaillon circulaire portant le nom de : *Laurent Massin à Serain.*

Haut., 2 m. 44 cent.; larg., 55 cent.

25 — Horloge en bois de chêne sculpté de l'époque Louis XIV, à caisse carrée et décorée sur les trois faces de pilastres cannelés à chapiteaux ioniques.

Haut., 2 m. 60 cent.

26 — Table rectangulaire du temps de Louis XVI, en bois de chêne sculpté à ornements, fleurons et branches de feuillage. Les pieds, cannelés en spirale, sont reliés par un entre-jambes orné et la table est formée par une tablette de marbre rouge veiné de blanc.

Long., 1 m. 28 cent.; larg., 70 cent.

27 — Beau meuble de la Renaissance, à deux corps ouvrant chacun à deux vantaux, et à fronton brisé, en bois de noyer décoré, en marqueterie de bois de couleur, de vases de fleurs, d'arabesques et de filets. Les vantaux sont encadrés de colonnes engagées, à bases couvertes d'arabesques, et fûts ornés de can-

nelures simulées. Ces colonnes sont surmontées de consoles à feuillages et denticules.

Haut., 2 m. 10 cent.; larg., 1 m. 16 cent.;
prof., 54 cent.

28 — Lit du temps de Louis XVI, en bois sculpté
peint en gris et rechampi de bleu, à moulures de feuilles d'eau, de tores de laurier et
à cordons de perles. Les montants de la face
sont formés de colonnes détachées, à bases
feuillagées et à cannelures en spirales. Les
montants du fond sont plus élevés, carrés
et creusés de cannelures rudentées. Les uns
et les autres sont surmontés de pommes de
pin.

Long., 2 m. 5 cent.; larg., 1 m. 50 cent.

29 — Grande armoire du temps de la Régence,
légèrement cintrée à sa partie supérieure, en
bois de noyer. Les montants arrondis des
deux portes, le montant d'entre-deux et la
corniche sont décorés d'ornements élégants
contournés, de branches de fleurs et d'un
écusson orné de festons de feuillages.

Haut., 2 m. 75 cent.; larg., 1 m. 80 cent.

30 — Grande armoire du temps de la Régence,
en bois de chêne sculpté. Les deux portes à
compartiments à moulures sont enrichies
d'ornements sculptés en bas-relief. Les pieds
et les angles arrondis sont décorés de même.
La corniche cintrée est décorée d'enroulements et elle présente à son centre un motif
élégant découpé à jour.

Haut., 2 m. 78 cent.; larg., 1 m. 60 cent.

31 — Armoire, formant bibliothèque, à deux
portes, vitrées en haut et pleines en bas, en
bois de chêne sculpté, du temps de Louis XIV,
à décor de coquilles, de rinceaux et de feuillages.

Haut., 2 m. 30 cent.; larg., 1 m. 25 cent.;
prof., 45 cent.

32 — Grand buffet Louis XIV, à deux corps à
coins arrondis et à portes pleines en bois de
chêne, à décor de moulures et de motifs à
rinceaux et fleurs sculptés en bas-relief. Une
corniche, à moulures simples, légèrement
cintrée, forme le couronnement du meuble.

Haut., 2 m. 80 cent.; long., 1 m. 55 cent.;
larg., 60 cent.

33 — Autre buffet de même forme et de même
époque, en bois de chêne, à moulures et ornements sculptés.

> Haut., 2 m. 58 cent.; long., 1 m. 30 cent.;
> larg., 62 cent.

34 — Grand buffet à deux corps et à quatre portes
pleines, en bois de chêne, décoré de moulures
et de motifs à rocailles et rinceaux feuillagés
sculptés en relief.

> Haut., 2 m. 80 cent.; larg., 1 m. 54 cent.;
> prof., 58 cent.

35 — Grand buffet en chêne, à deux corps et
à coins arrondis. Les portes pleines sont
décorées de moulures et de gracieux ornements Louis XIV sculptés en relief.

36 — Coffre Renaissance à couvercle cintré. Il
est décoré de jolies arabesques gravées et le
pourtour offre, sur trois faces, des colonnettes à cannelures, couplées et supportant
une moulure à denticules.

> Haut., 80 cent.; long., 1 m. 45 cent.

GLACES — TRUMEAUX

37 — Beau trumeau du temps de Louis XVI, à glace dans un encadrement sculpté, peint en blanc, doré à cordons de feuillages et moulure à feuilles d'eau, surmonté d'une frise ornée de *Postes* et sur laquelle fait saillie un motif en ronde bosse, composé d'une couronne de fleurs, accotée de rameaux de laurier. Une seconde frise, décorée de carquois en sautoir, d'un arc et de cors de chasse entremêlés de rubans, forme le couronnement du trumeau.

Haut., 1 m. 70 cent.; larg., 95 cent.

38 — Glace à cadre en bois sculpté et peint en blanc du temps de Louis XIV, à décor de palmes et de petits rinceaux, avec couronnement se composant d'un motif à coquille et feuillages en haut-relief sur un fond orné de fleurons, inscrits dans un treillis.

Haut., 2 mètres; larg., 1 m. 28 cent.

39 — Glace, contournée à sa partie supérieure

dans un cadre du temps de Louis XV, en bois sculpté et doré à ornements rocaille, coquilles et fleurs.

Haut., 2 m. 5 cent.; larg., 1 m. 35 cent.

40 — Miroir en hauteur avec cadre du temps de Louis XV, de forme contournée, en bois sculpté et doré, composé d'ornements rocaille découpés à jour et de branches de fleurs et de feuillages enroulés autour des montants.

Haut., 1 m. 9 cent.; larg., 64 cent.

41 — Deux miroirs du temps de Louis XV, avec cadres en bois sculpté et doré de forme contournée composés d'ornements rocaille. Chacun d'eux est garni à sa partie inférieure de deux branches porte-lumières à enroulements en bronze ciselé et doré.

Haut., 77 cent.; larg., 49 cent.

42 — Encadrement de glace en bois de chêne sculpté, à couronnement décoré d'une palme médiane, de moulures ornées et de rinceaux. Époque Louis XIV.

Haut., 2 mètres; larg., 1 m. 20 cent.

43 — Encadrement de glace, l'ouverture bordée d'une moulure et surmontée d'un cartouche à fleurs et rinceaux. Époque Louis XIV.

Haut., 1 m. 62 cent.; larg., 1 m. 10 cent.

44 — Encadrement de glace en bois de chêne sculpté, les montants ornés en haut et en bas de gracieux motifs à tiges de fleurs et entrelacs. Époque Louis XIV.

Haut., 1 m. 65 cent.; larg., 1 m. 10 cent.

45 — Encadrement de glace de l'époque Louis XV, en bois de chêne sculpté ; l'ouverture contournée est bordée d'une moulure à feuilles d'eau, feuillages et festons de fleurs, et surmontée d'une coquille.

Haut., 1 m. 47 cent.; larg., 1 m. 15 cent.

45 — Autre, légèrement cintrée du haut, et à moulure simple bordée d'oves, avec coquille pour couronnement.

Haut., 1 m. 65 cent.; larg., 98 cent.

PANNEAUX — CADRES — ORNEMENTS

47 — Panneau rectangulaire du temps de Louis XVI, en bois de chêne sculpté, représentant un groupe de deux colombes dans une couronne de fleurs suspendue à un nœud de ruban. A droite et à gauche, rinceaux élégants terminés par des fleurs et des fruits. L'encadrement se compose d'une moulure à feuilles et d'une poste placée entre deux parties unies.

Haut., 375 millim.; larg., 950 millim.

48 — Deux panneaux, étroits, en hauteur, de l'époque Louis XVI, en bois sculpté, peint et doré, d'une délicate ornementation consistant en vases à fleurs superposés et reliés par d'élégantes arabesques, des cordons de perles et des branches fleuries.

Haut., 2 m. 10 cent.; larg., 30 cent.

49 — Petit panneau, étroit, en hauteur, en bois de chêne sculpté de l'époque Louis XIV, représentant un trophée d'attributs militaires.

Haut., 67 cent.; larg., 18 cent

50 — Panneau en largeur en bois de chêne
sculpté, offrant en bas-relief une couronne et
deux branches de laurier.

Haut., 48 cent.; larg., 1 m. 30 cent.

51 — Beau bas-relief, cintré du haut, en bois de
chêne sculpté et représentant la Salutation
angélique. Sculpture du temps de Louis XIV.

Haut., 60 cent.; larg., 42 cent.

52 — Deux bas-reliefs, en chêne sculpté, de
même époque. Chacun d'eux représente une
tige de lis et une tige de roses, croisées en
sautoir et suspendues par des rubans.

Haut., 58 cent.; larg., 34 cent.

53 — Deux traverses d'encadrements de boiseries
en chêne sculpté de l'époque Louis XVI, à
motif de feuilles d'acanthe et festons de fleurs
en saillie sur une moulure à feuille d'eau et
tore de laurier.

Long., 1 m. 80 cent.; larg, 17 cent.

54 — Deux panneaux, étroits, en hauteur, en
bois de chêne sculpté, à moulure composée

d'une feuille d'eau et offrant à leur partie supérieure une retombée de fleurs suspendues à un ruban. Époque Louis XVI.

Haut., 2 m. 45 cent. et 2 m. 63 cent.
Larg., 40 cent. et 30 cent.

55 — Panneau de boiserie du temps de Louis XV, en bois de chêne à moulures d'encadrement avec motifs à palmes et enroulements, en haut et en bas.

Haut., 2 m. 5 cent.; larg., 72 cent.

56 — Six portes de bahut, carrées, en bois de chêne, décorées au centre d'un bas-relief, en hauteur, représentant une figure de femme. Six caissons rectangulaires, bordés de moulures, forment l'encadrement du bas-relief. XVIIe siècle.

Hauteur de chaque porte, 75 cent.; larg., 65 cent.

57 — Devant de coffre en bois sculpté, du XVIe siècle, décoré de quatre motifs à médaillons et cuirs, séparés par des montants feuillagés. Traverse supérieure à godrons.

Haut., 65 cent.; long., 1 m. 60 cent.

58 — Autre du XVIᵉ siècle, à trois cartouches oblongs contenant des figures et des ornements, avec encadrement décoré d'un feston de feuillages.

Haut., 40 cent.; long., 1 m. 60 cent.

59 — Devant de coffre du XVIᵉ siècle à trois panneaux d'entrelacs, séparés par deux consoles renversées.

Haut., 40 cent.; long., 1 m. 60 cent.

60 — Traverse de meuble, en noyer sculpté, décorée d'une frise de rinceaux feuillagés. Epoque Louis XIV.

Haut., 12 cent.; long., 1 m. 25 cent.

61 — Frise en bois sculpté, à fleurons, feuillages et rinceaux dorés, sur fond peint en gris.

Haut., 22 cent.; long., 94 cent.

62 — Fronton Louis XV en bois sculpté, composé de rinceaux, de rocailles, de dragons.

Haut., 35 cent.; larg., 90 cent.

63 — Fronton Louis XIII en bois sculpté à rinceaux et feuillages encadrant un vase de
fleurs.

Haut., 42 cent.; larg., 65 cent.

64 — Moulure en bois sculpté à rang d'oves et
cordon de pirouettes. Époque Louis XVI.

Longueur, environ 3 m. 55 cent.; larg., 10 cent.

65 — Porte du xvie siècle en bois de chêne
sculpté, composée de six panneaux, deux à
deux, décorés chacun d'un écusson entouré
d'entrelacs et de fleurons gothiques.

Haut., 1 m. 95 cent.; larg., 78 cent.

66 — Porte décorée de quatre panneaux gothiques
représentant des fenestrages à meneaux et
nervures en ogive.

Dimensions de chaque panneau. Haut., 42 cent.;
larg., 20 cent.

67 — Panneau du temps de Louis XVI, en bois
sculpté et peint en gris, offrant au centre un
trophée des attributs de l'Amour, le carquois

et l'arc, sous une couronne de roses, et sur les côtés deux vases à tiges de chêne, reliés en haut et en bas par des motifs d'arabesques.

Haut., 81 cent.; larg., 65 cent.

68 — Sous ce numéro, plusieurs fragments de meubles en bois sculpté, documents, modèles; etc.

69 — Lot de colonnettes du xvɪᵉ siècle.

70 — Cadre du temps de Louis XIV, en bois de chêne sculpté à palmettes, vases de fleurs, oiseaux et entrelacs. Il renferme une eau-forte d'après Rembrandt, qui représente la Prédication.

Ouverture : Haut., 63 cent.; larg., 78 cent.

71 — Cadre du temps de Louis XIV, en bois sculpté et doré, à forte monture feuillagée et fleurie.

Ouverture : Haut., 31 cent.; larg., 40 cent.

PANNEAUX PEINTS

72 — Une porte et deux panneaux d'entre-deux, peints et dorés, à décor de cariatides, de rinceaux, de guirlandes et de rubans sur fond blanc. L'encadrement de ces panneaux simule un marbre griotte.

Jolie décoration de l'époque Louis XVI.

Porte : Haut., 1 m. 80 cent.; larg., 62 cent.
Panneaux : Haut., 1 m. 80 cent.; larg., 25 cent.

73 — Deux panneaux étroits, en hauteur, à fond blanc, décorés en camaïeu relevé de dorures, à figures mythologiques et attributs de chasse, festons de feuillage, médaillons représentant des animaux et groupes d'enfants. Époque Louis XVI.

Haut., 3 m. 16 cent.; larg., 26 cent.

SIÈGES GARNIS

74 — Canapé du temps de Louis XVI, en bois sculpté et peint en blanc. Il est couvert en

tapisserie d'Aubusson, à bouquets de fleurs
sur fond blanc et à draperies rosées sur lesquelles se voient des festons de fleurs et de
feuillages.

Larg., 1 m. 36 cent.

75 — Deux fauteuils du temps de Louis XV, en
bois sculpté, peint en blanc et rehaussé de
dorure. Ils sont couverts de tapisserie à
fond jaune et à médaillons encadrés de fleurs.
Les médaillons des sièges représentent des
sujets tirés des fables de La Fontaine, et ceux
des dossiers, des sujets champêtres à personnages.

76 — Deux beaux fauteuils du temps de
Louis XVI, en bois sculpté et peint en blanc,
à décor de perles et de feuilles d'eau ; pieds
cannelés ; montants des accoudoirs fuselés, à
feuillages et à cannelures en spirale. Ils sont
recouverts en tapisserie de l'époque ; médaillons à figures et animaux, encadrés de guirlandes de fleurs.

77 — Grand fauteuil du temps de Louis XIV, en
noyer sculpté à rocailles et feuilles en relief,

et recouvert en tapisserie au petit point à décor de vases de fleurs, sur fond jaune avec bordures composées de guirlandes.

78 — Grand fauteuil de l'époque Louis XIV, en noyer sculpté à coquilles, feuillages et fleurons en relief; les pieds reliés par des traverses en X. Il est recouvert en tapisserie au petit point offrant au dossier une scène champêtre : la Lanterne magique, et au siège un médaillon à décor d'oiseaux et d'arbustes.

79 — Fauteuil du temps de Louis XV, en bois de noyer sculpté à décor de fleurs en relief, recouvert en tapisserie ancienne au petit point, à fond blanc avec kiosques chinois, palmiers et ornements divers.

80 — Fauteuil du temps de Louis XV, en bois de noyer sculpté à feuillages en relief, et recouvert en tapisserie au point, fond blanc, à figure de Chinois assis sur une branche d'arbre et tenant un parasol.

81 — Grand fauteuil Louis XV, à contours mouvementés, en bois sculpté et doré, recouvert

en tapisserie du temps à décor de bouquets
de fleurs sur fond blanc.

82 — Fauteuil Louis XV, en noyer sculpté,
recouvert en tapisserie du temps à fond blanc ;
au dossier, une figurine d'enfant assis et
tenant une corne d'abondance. Au siège,
deux oiseaux. Encadrements de rocailles et
de festons de fleurs.

83 — Fauteuil du temps de Louis XV, en bois
de noyer sculpté à fleurs et rocailles. Il est
couvert de tapisserie au point, à personnages
sur le dossier et à fleurs et ornements sur
fond bleu sur le siège.

84 — Fauteuil du temps de Louis XVI, à dossier
ovale et à pieds cannelés, en bois sculpté et
peint en blanc à décor de feuillages, de
piastres et de rubans roulés en spirale. Il est
recouvert en tapisserie ancienne décorée de
médaillons ovales représentant des groupes
d'animaux et se détachant sur un fond blanc
à guirlandes de fleurs.

85 — Fauteuil Louis XV, en bois noirci et doré

à fleurettes sculptées en relief, et recouvert en ancienne tapisserie à bouquets de pavots avec oiseaux, sur fond bleu de ciel et encadrements à feuillages.

86 — Grand fauteuil en bois de noyer sculpté, de style Régence, recouvert en tapisserie du temps de Louis XV, à sujet tiré des fables de La Fontaine, et motifs d'encadrements formés de fleurs et de rinceaux.

87 — Bergère du temps de Louis XV, en bois sculpté et peint en blanc, avec coussin et couverte de velours jaune frappé.

88 — Escabeau Louis XIII, en bois sculpté, à pieds tournés et à dossier orné de feuillages en relief et percé d'une ouverture cordiforme.

SIÈGES FONCÉS EN CANNE

89 — Chaise longue ou lit de repos du temps de la Régence, à double dossier et à joues en bois de noyer sculpté à ornements rocaille,

fleurs et feuillages. Elle est foncée en
canne.

Long., 1 m. 92 cent., larg., 75 cent.

90 — Fauteuil pour chaise longue, du temps de
la Régence, en bois de noyer sculpté à ornements rocaille et feuillages. Il est foncé en
canne, et les appuis-bras sont garnis en
cuir.

91 — Fauteuil du temps de Louis XIV, en bois
sculpté à coquilles, quadrillages et ornements, et à quatre pieds cintrés reliés par un
entre-jambes à X. Il est foncé en canne.

92 — Fauteuil analogue à celui qui précède,
mais un peu plus petit.

93 — Deux autres fauteuils analogues à ceux qui
précèdent, mais sans entre-jambes. Les
appuis-bras sont garnis de manchettes de
cuir.

94 — Autre fauteuil du temps de Louis XIV, en
bois sculpté, à coquilles et feuillages et pieds

cintrés reliés par un entre-jambes. Il est
foncé en canne, et ses appuis-bras sont garnis de manchettes en cuir.

95 — Fauteuil du temps de Louis XIV, en bois
sculpté à coquilles, quadrillages, feuilles et
ornements. Il est foncé en canne, et ses pieds
sont reliés par un entre-jambes à X.

96 — Fauteuil analogue à celui qui précède.
Les appuis-bras de celui-ci sont garnis en
cuir.

97 — Fauteuil du temps de Louis XV, en bois
sculpté à feuilles, ornements rocaille et grenades. Il est foncé en canne, et ses appuis-
bras sont garnis de manchettes de cuir.

98 — Fauteuil du temps de Louis XV, en bois
sculpté, modèle à moulures et écussons
rocaille. Il est foncé en canne.

99 — Fauteuil du temps de la Régence, en bois
de noyer sculpté, de forme contournée et à
décor de coquilles, de feuillages et de rinceaux. Il est foncé en canne.

100 — Chaise du temps de Louis XV, en bois sculpté à grenades et ornements rocaille feuillagés. Elle est foncée en canne.

101 — Chaise du temps de Louis XV, en bois sculpté à moulures et fleurons et dossier à contours. Elle est foncée en canne.

102 — Chaise du temps de Louis XV, en bois sculpté, foncée en canne et munie dans l'entre-jambes d'un casier à porte décorée d'un motif à rocailles.

103 — Deux chaises du temps de Louis XV, en bois sculpté à motifs de fleurettes et de feuillage. Elles sont foncées en canne.

104 — Chaise du temps de Louis XIV, à dossier élevé en bois sculpté à coquilles, rinceaux et quadrillages. Elle est foncée en canne, et ses pieds sont reliés par un entre-jambes à X.

105 — Chaise du temps de Louis XIV, en bois sculpté peint en noir et rechampi de jaune à

rinceaux, coquilles et ornements variés. Elle est foncée en canne peinte en noir.

106 — Fauteuil du temps de Louis XV, contourné, en noyer sculpté à fleurettes. Il est foncé en canne.

SIÈGES NON GARNIS

107 — Deux fauteuils de la Régence, en noyer sculpté, de forme contournée, à moulures, rinceaux et feuillages ; l'un garni en satinette, l'autre non garni.

108 — Bois de fauteuil Louis XVI, à dossier carré, en bois sculpté et peint en blanc, à cordons de perles et rubans enroulés en spirale. Les extrémités des appuis-bras sont recourbées en volutes et leurs supports ornés de feuilles d'acanthe. Pieds droits cannelés

109 — Bois de fauteuil Louis XV en noyer sculpté, de forme contournée, à feuillages, enroulements et festons de fleurs.

110 — Bois de fauteuil de l'époque Louis XV, en noyer sculpté, de forme contournée, à décor de feuillages et d'ornements rocaille.

111 — Bois de fauteuil Louis XV, sculpté et peint en blanc, à dos arrondi. Pieds et appuis-bras contournés.

112 — Bois de fauteuil Louis XVI en noyer sculpté, à décor de moulures de feuilles d'eau. La traverse supérieure du dossier est cintrée et les montants sont couronnés d'un fleuron. Une feuille d'acanthe décore les supports des accoudoirs. Pieds cannelés.

113 — Bois de fauteuil du temps de Louis XV, de forme contournée, à décor de fleurs, de feuillages et de rocailles sculptés.

114 — Bois de fauteuil Louis XVI, sculpté, doré et peint en blanc; le dossier, ovale, à petites cannelures et feuilles d'eau, est surmonté de deux rameaux de chêne liés par un ruban. Les pieds sont creusés de cannelures.

115 — Bois de fauteuil Louis XVI, sculpté et peint en blanc, à feuilles d'acanthe sur les accoudoirs, feuilles d'eau et perles aux traverses. Pieds cannelés. Montants du dossier en forme de colonnettes surmontées de panaches.

116 — Bois de fauteuil Louis XVI, sculpté et peint en blanc, à dos carré. Pieds cannelés et moulures à feuilles d'eau.

117 — Bois de fauteuil Louis XVI, sculpté et peint en blanc, à dossier cintré du haut, pieds cannelés; extrémités des appuis-bras se terminant en volutes. Il est décoré de tores de laurier, de cordons de perles et de feuilles d'acanthe.

118 — Bois de fauteuil Louis XVI, sculpté et peint en blanc, à feuilles d'eau, rubans enroulés et piastres. Les pieds, cannelés, sont ornés de feuilles d'acanthe à leur sommet.

119 — Bois de fauteuil Louis XVI, peint en blanc.

120 — Bois de fauteuil Louis XV, à fleurettes
sculptées.

OBJETS DIVERS

121 — Bénitier du temps de Louis XIV, en bois
sculpté et doré, formé d'une tablette qua-
drillée, avec ouverture ovale et encadrée d'ornements feuillagés, de festons de fleurs, et
surmontée de deux têtes de chérubins, du
Saint-Esprit et d'une croix ; la coquille, argentée à l'intérieur, est supportée par des rinceaux
ajourés.

Haut., 42 cent.; larg., 23 cent.

122 — Bénitier du temps de Louis XV, en bois
sculpté et doré et découpé à jour, modèle à
coquille et ornements rocaille. La cuvette
est argentée.

Haut., 52 cent.; larg., 33 cent.

123 — Éventail Louis XV, à monture en ivoire
sculpté et ajouré, à figures et ornements
rehaussés de couleur et de dorure ; feuille
peinte à sujet pastoral,

124 — Autre éventail de même époque, à monture d'ivoire ajouré, offrant de petits cartels à motifs de fleurs, avec rehauts en couleurs et en dorure. Feuille peinte à la gouache et représentant une danse champêtre.

125 — Coffret rectangulaire en bois marqueté de cuivre et d'étain, de l'époque Louis XIV, à décor de rinceaux et en feuillages. (La majeure partie de la marqueterie manque.)

Long., 34 cent.; larg., 25 cent.

126 — Deux balcons de croisée en fer forgé.

127 — Rampe d'escalier en fer forgé.

128 — Réchaud en forme de vase à couvercle en faïence, marbrée de brun et de vert. Époque Louis XV.

Haut., 50 cent.

129 — Dessus de table en marbre de Sicile, avec quart de rond sur trois de ses côtés.

Long., 1 m. 65 cent.; larg., 60 cent.

130 — Dessus de table analogue à celui qui précède.

Long., 1 m. 52 cent.; larg., 62 cent.

131 — Grande tablette de marbre bleu turquin, veiné de blanc à bord arrondi, le devant est légèrement cintré.

Long., 1 m. 88 cent.; larg., 77 cent.

132 — Plusieurs dessus de meubles, en marbre, seront vendus sous ce numéro.

TAPISSERIES

133 — Tapisserie du temps de Louis XIV, à médaillon oblong en largeur, au centre, représentant en camaïeu jaune la figure symbolique du Printemps. Le pourtour est couvert d'ornements, de figurines sous des dais, de festons de fleurs, de draperies sur lesquelles se jouent des singes, de cariatides et d'animaux sur fond blanc. La bordure large et à fond bleu se compose d'entrelacs, de rinceaux et de draperies, de cornes d'abondance, de médaillons renfermant des oiseaux en ca-

maïeu carmin et supportés par des cariatides
se terminant en hermès.

Haut., 3 m. 35 cent.; larg., 4 m. 16 cent.

134 — Tapisserie d'Aubusson du temps de
Louis XV, représentant un parc au premier
plan duquel se voient deux chiens poursuivant un lièvre. Bordure simulant un cadre
doré, à coins ornés de cartels que relient de
jolies guirlandes de fleurs.

Haut., 2 m. 40 cent.; larg., 2 m. 85 cent.

135 — Tapisserie du temps de Louis XV, représentant un repos de chasse. La bordure se
compose d'ornements et de fleurs.

Haut., 2 m. 80 cent.; larg., 3 m. 20 cent.

136 — Grande portière en tapisserie Louis XIV,
offrant au centre un blason aux armes des
Chigi, timbré d'une couronne de marquis,
au-dessus de laquelle planent des amours sou-
tenant une guirlande de fruits. Le bas de la
tapisserie représente un paysage boisé. La
bordure simule un cadre doré à moulures
d'oves et à cordon de perles.

Haut., 3 m. 80 cent.; larg., 2 m. 70 cent.

137 — Grande et belle tapisserie du xviie siècle, dite *verdure*, représentant la vue d'un parc avec terrasses, pavillons et fontaines décorées de chevaux marins. Jolie bordure à festons de fleurs variées.

Haut., 3 m. 50 cent.; larg., 5 m. 20 cent.

138 — Tapisserie flamande de la fin du xvie siècle, représentant la récolte des pommes.

Haut., 2 m. 40 cent.; larg., 1 m. 60 cent.

139 — Feuille d'écran en tapisserie Louis XIV, représentant un bouquet de pavots sur fond jaune.

Haut., 85 cent.; larg., 65 cent.

140 — Feuille d'écran en tapisserie du xviie siècle, représentant un bouquet de fleurs dans un vase d'orfèvrerie, ressortant sur un fond jaune; bordure à fond rouge, occupée par des rinceaux bleus et décorée d'écoinçons feuillagés.

Haut., 85 cent.; larg., 62 cent.

141 — Feuille d'écran en tapisserie au petit point, à figure placée sous un dais et entourée de branches d'œillets et d'entrelacs où

sont répartis des oiseaux et des animaux.
XVIIe siècle.

Haut., 75 cent.; larg., 64 cent.

142 — Garniture de canapé en ancienne tapisserie d'Aubusson ; le siège représente des
chiens poursuivant une panthère, et le dossier une danse d'enfants dans un paysage.
Bordure à draperies.

143 — Garniture de siège en même tapisserie et
de décor analogue.

144 — Côté d'une bordure en ancienne tapisserie, fond bleu à belle guirlande de fleurs.
Plus, deux angles provenant de la même
bordure.

145 — Garniture de fauteuil en tapisserie au
point à larges feuilles sur fond blanc : siège,
dos et manchettes.

146 — Lot de fragments de tapisserie.